हिन्द पॉकेट बुक्स

# महान कूटनीतिज्ञ
# आचार्य चाणक्य

चाणक्य बहुत बड़े विद्वान और राज-काज चलाने में बेहद होशियार और समझदार थे। उनकी महानता की चर्चा विश्व-भर में होती है। चन्द्रगुप्त को सम्राट बनाने और सिकन्दर को भारत से खदेड़ने का सबसे बड़ा काम कर उन्होंने यह दिखा दिया कि उन जैसा राजनीति का चतुर खिलाड़ी और कोई नहीं होगा।

ये महापुरुषों की जीवनियां हैं, जिन्हें छोटों एवं किशोरों के लिए सजाया-संवारा गया है, ताकि इन्हें पढ़कर उनमें उनके जैसा बनने, ऊंचा उठने और दुनिया में बड़ा नाम कमाने की प्रेरणा जाग सके।

महान हस्तियों की ये जीवनियां बहुत सरल भाषा में और कहानियों की तरह रोचक ढंग से लिखी गई हैं। इसलिए इन्हें याद करने में भी बड़ी आसानी होगी। सभी जीवनियों में रेखाचित्र और अंत में एक प्रश्नावली दी गई है, ताकि पढ़ने के बाद लगे हाथ आपकी परीक्षा हो सके।

बच्चों और किशोरों के लिए सचित्र जीवनी

# महान कूटनीतिज्ञ
# आचार्य चाणक्य

अनीता गौड़

हिन्द पॉकेट बुक्स
पेंगुइन रैंडम हाउस इम्प्रिंट

**हिन्द पॉकेट बुक्स**

यूएसए | कनाडा | यूके | आयरलैंड | ऑस्ट्रेलिया | सिंगापुर
न्यू ज़ीलैंड | भारत | दक्षिण अफ्रीका | चीन

हिन्द पॉकेट बुक्स, पेंगुइन रैंडम हाउस ग्रुप ऑफ़ कम्पनीज़ का हिस्सा है,
जिसका पता global.penguinrandomhouse.com पर मिलेगा

पेंगुइन रैंडम हाउस इंडिया प्रा. लि.,
चौथी मंजिल, कैपिटल टावर -1, एम जी रोड,
गुड़गांव 122 002, हरियाणा, भारत

पेंगुइन
रैंडम हाउस
इंडिया

प्रथम संस्करण हिन्द पॉकेट बुक्स द्वारा 2011 में प्रकाशित
यह संस्करण हिन्द पॉकेट बुक्स में पेंगुइन रैंडम हाउस द्वारा 2022 में प्रकाशित


चित्र : प्रभात श्रीवास्तव



10 9 8 7 6 5 4 3 2

ISBN 9789353491512

टाइपसेटिंग: स्कैनसेट, नई दिल्ली
मुद्रकः रेप्रो इंडिया लिमिटेड



www.penguin.co.in

FSC www.fsc.org MIX Paper from responsible sources FSC® C047271

# आचार्य चाणक्य

भारत पर सिकन्दर के आक्रमण से पहले देश में छोटे-छोटे राज्यों को एकता के धागे में बांधने की कल्पना करके उसे सच करने वाले विद्वान थे चाणक्य। चाणक्य का व्यक्तित्व महान था। इस कर्मठ व्यक्तित्व वाले मनुष्य ने अपने जीवनकाल में इतनी प्रसिद्धि पाई कि उनका नाम दूर विदेशों में भी सम्मान से लिया जाता था। आज भी भारत की राजनीति एवं अर्थशास्त्र के सन्दर्भ में उनका नाम सम्मान से लिया जाता है।

चाणक्य के कई नाम प्रसिद्ध हैं, किन्तु उनमें विष्णुगुप्त और कौटिल्य का नाम ज़्यादा प्रचलित है। शायद विष्णुगुप्त उनका मुख्य नाम था, जोकि उनके चाणक्य बनने से पहले था। कौटिल्य नाम उनके कूटनीति में विशेष कुशलता हासिल करने के कारण पड़ा। इसी कूटनीति द्वारा उन्होंने मौर्य साम्राज्य की नींव रखी जिस पर बाद में मौर्य साम्राज्य की महान इमारत खड़ी हुई।

युवा चाणक्य अपनी मां से अपने भविष्य के बारे में बातें करते हुए

मौर्य साम्राज्य का पहला राजा चन्द्रगुप्त उनकी कूटनीति के कारण चक्रवर्ती राजा बना।

चाणक्य नामकरण के भी दो कारण बताए जाते हैं—एक मत यह है कि चाणक्य चणक नामक ब्राह्मण के बेटे थे। इससे उनके पिता का नाम प्रकट होता है, परन्तु कुछ विद्वानों का मत है कि वे पंजाब में चाणक नामक स्थान के मूल निवासी थे। इसलिए वे चाणक्य कहलाए, किन्तु इस स्थान का पंजाब में कहीं पर भी पता नहीं चलता।

ईस्वी पूर्व सन् 300 का मगध, जो आज बिहार कहलाता है, भारत का उस समय का बहुत बड़ा साम्राज्य था। इसमें आज का पूरा बिहार, बंगाल, उत्तर प्रदेश, उड़ीसा का कुछ भाग और मध्य प्रदेश के उत्तर-पूर्वी भूखण्ड सम्मिलित थे। नन्द राजाओं का मगध पर साम्राज्य चल रहा था। नन्दवंश के प्रारम्भिक राजा बड़े ही बलशाली, दयावान और प्रजापालक थे। किन्तु चाणक्य के समय मगध पर राज्य करने वाला नन्दवंशी राजा धननन्द ऐसा नहीं था।

मगध उस समय भारत ही नहीं, भारत के बाहर के देशों के लिए भी आकर्षण का केन्द्र था। वहां अनेक देशी-विदेशी व्यापारी, शिल्पी और कलाकार आते थे। देश-भर के विद्वानों, विचारकों और चिन्तकों के लिए मगध लुभावना स्थान था।

चाणक्य भी तक्षशिला से चलकर मगध आए थे। तक्षशिला जो अब पाकिस्तान में है, उस समय अध्ययन और ज्ञान के प्रचार-प्रसार के लिए प्रसिद्ध था। तक्षशिला में चाणक्य अपनी बूढ़ी मां की सेवा करते और अध्ययन-मनन में समय बिताते। एक दिन उन्होंने देखा— उनकी मां

चुपचाप रो रही है। उनका मन विचलित हो उठा और उन्होंने पूछा, 'मां, तुम क्यों रो रही हो?'

'कुछ नहीं बेटा...मैं तो भविष्य के प्रति आशंकित होकर डर रही हूं, इसलिए रो रही हूं।'

मां ने अपने आंसू पोंछते हुए कहा तो उनके पुत्र विष्णुगुप्त अर्थात् चाणक्य ने हठ पकड़ लिया, 'मां, तुम्हें बताना ही होगा... तुमने भविष्य में ऐसा क्या रहस्य जान लिया, जिससे तुम्हें रोना पड़ा।'

विष्णुगुप्त की ज़िद के आगे मां को झुकना पड़ा और वह बोली, 'बेटा, मैंने जान लिया है कि तू मुझे भविष्य में बड़ा आदमी बनकर छोड़ देगा।'

'ऐसा क्यों मां? और तूने यह कैसे जाना कि मैं बड़ा आदमी बनूंगा ही बनूंगा?'

'पुत्र, तुम्हारे अगले दो दांतों पर जो निशान हैं, वे यह दर्शाते हैं कि तुम भविष्य में बहुत प्रसिद्ध होगे... ऐसे में तुम इस बूढ़ी मां को कहां याद रखोगे?' यह कहकर उनकी मां फिर से रोने लगी।

'बस, इतनी-सी बात है!' चाणक्य ने कहा, 'मैं इन दांतों को ही तोड़ देता हूं, जो मुझे तुझसे दूर ले जाएंगे।' यह कहकर उन्होंने अपने दोनों दांत तोड़ दिए।

इन्हीं दिनों भारत पर सिकन्दर का आक्रमण हुआ था। कुछ ही दिनों में उनकी माता की मृत्यु हो गई। सिकन्दर की सेना भारत के उत्तर-पश्चिम दिशा पर छा गई। लोग अपने गांव छोड़-छोड़कर भागने लगे।

सिकन्दर की सेना हारे हुए राजाओं की प्रजा के साथ पशुता का व्यवहार करती। ऐसे में चाणक्य को लगा कि धननन्द ही एकमात्र राजा है, जो सिकन्दर की बढ़ती ताक़त को रोक सकता है। और चाणक्य मगध की ओर चल पड़े।

मगध पहुंचने पर चाणक्य ने अनुभव किया कि धननन्द अपने राजधर्म का पालन ठीक तरह से नहीं कर रहा है। प्रजा में असन्तोष और उपेक्षा का भाव बढ़ता जा रहा था। वास्तव में धननन्द एक क्रोधी और दुष्ट स्वभाव का राजा था। अतः वह अपने मन्त्री वक्रनास की सलाह पर पूरी तरह निर्भर रहता था।

उधर वक्रनास कम चालाक नहीं था, वह जानता था कि अपने मन्त्रीपद को स्थिर और स्थायी रखने के लिए धननन्द का विलासिता, मदिरा और नृत्य में डूबा रहना आवश्यक है। जिससे उसकी मनमानी चलती रहे और धननन्द भी भोगों में डूबकर उस पर निर्भर रहे। मगध में उस समय यही हो रहा था।

चाणक्य ने यह देखकर राजा की मनमानी की निन्दा की। वह धननन्द को समझाना चाहते थे कि राजा का जीवन पूरी तरह अनुशासन से बंधा हुआ है, वह कहीं भी मनमानी के लिए स्वतंत्र नहीं है। ऐसे में धननन्द चाणक्य से चिढ़ गया और उनका अपमान किया।

कहा जाता है चाणक्य ने उसी समय प्रतिज्ञा ली कि वह अपने लम्बे बालों को तब तक खुला रखेंगे, जब तक नन्द वंश को पूरी तरह से नष्ट न कर दें। राजा धननन्द की छोटी मानसिकता ही चाणक्य की राजा के प्रति घृणा का कारण बनी। ऐसे में चाणक्य अखंड भारत के सम्राट के रूप में

चाणक्य ने मगध नरेश धननन्द को बाहरी आक्रमणों से सावधान किया

किसी योग्य व्यक्ति को खोजने लगे। चाणक्य को यह अन्दाज़ा था कि सिकन्दर के आक्रमण का जवाब देने की क्षमता यदि किसी में है तो मगध में है। मगध को इस अभिमान के लिए सजग और तैयार करने का उद्देश्य ही उनके मगध आगमन का कारण था। किन्तु यहां उन्हें सभी स्थितियां विपरीत दिखाई दीं।

विलासी राजा, स्वार्थी मंत्री, स्वतंत्र स्वभाव का सेनापति भागुरायण चाणक्य के दिल में छिपी इच्छा को पूरा करने में समर्थ नहीं थे। हां, इस राजवर्ग में मंत्री राक्षस ही एक ऐसा व्यक्ति था, जो शस्त्र और शास्त्र दोनों का अनुभवी और प्रजा-पालक था। किन्तु उसकी कमज़ोरी थी कि वह अन्धा राजसमर्थक था। वह राजा के प्रति अपने कर्तव्य को पूरा करना ही धर्म समझता था।

राक्षस मेधावी और दूरदर्शी था। राजा धननन्द की दुष्टता, विलासिता और वक्रनास के स्वार्थ का राक्षस को पता था, किन्तु इससे वह चिंतित नहीं था। वह समझता था कि जब तक वह सजग है और उसकी गुप्तचर व्यवस्था सुंदर ढंग से चलती है, किसी भी प्रकार की हानि मगध को नहीं हो सकती।

चाणक्य राक्षस के प्रशंसक थे, किन्तु उसकी अन्ध-भक्ति उन्हें उचित नहीं लगती थी। राक्षस के व्यवहार और आदर्श में उन्हें कहीं अन्तर नहीं दिखाई देता था। इसलिए चाणक्य को अपने उद्देश्य में कोई मदद राक्षस से नहीं मिल सकती थी— यह वह जान चुके थे।

अपने प्राणों पर संकट आया देखकर चाणक्य को लगा कि वे तक्षशिला वापस चले जाएं। साथ ही उन्होंने धननन्द के बदले मगध साम्राज्य के उपर्युक्त

पात्र की खोज करनी शुरू कर दी। वे चाहते थे कि मगध में ऐसा राजा राज्य करे जिसका धर्म राजधर्म हो, जो मनमानी और अराजकता पर अंकुश लगा सके और राज्य को ऐसा ठोस आधार दे सके, जिसकी जड़ों को सैकड़ों सालों तक हिलाया न जा सके।

कहा जाता है कि इसी समय चन्द्रगुप्त के विषय में चाणक्य को उनके मित्रों ने बताया था, किन्तु चन्द्रगुप्त की आयु अभी कम थी। इतनी कम आयु में ही वह असाधारण कार्य करने लगा था। वह भी नन्दों के द्वारा अपमानित किया गया था और अपने इस अपमान का बदला लेने के लिए किसी सुयोग्य पथ-प्रदर्शक और गुरु के प्राप्त हो जाने का इन्तज़ार कर रहा था।

# 2

चन्द्रगुप्त की कार्यशक्ति, चिन्तन और आचरण की प्रेरणा थी उसकी मां मुरा। कहा जाता है कि मुरा नन्द राजा की दासी थीं। चन्द्रगुप्त नन्द राजा से ही उसकी मां मुरा द्वारा उत्पन्न हुआ था। किन्तु नन्द राजा ने मुरा को अपनी पत्नी मानने से इंकार कर दिया। उसका पुत्र चन्द्रगुप्त भी नन्द के लिए उपेक्षा और घृणा का पात्र था।

नन्द की सात और रानियां भी थीं। चन्द्रगुप्त का जन्म होने पर उनको यह आशंका हुई कि मुरा का पुत्र सबसे बड़ा होने के कारण मगध सिंहासन का उत्तराधिकारी होगा और उनकी संतानें उससे अलग हो जाएंगी। रानियों के मन में भी मुरा और चन्द्रगुप्त के लिए असंतोष था।

राक्षस भी मुरा को अच्छा नहीं समझता था, इसलिए उसकी संतान चन्द्रगुप्त को वह राजा के उत्तराधिकारी के रूप में स्वीकार नहीं कर पाया। इसी कारण दूसरी रानियों की प्रार्थना और सलाह से उसने चन्द्रगुप्त का वध करने

मगध नदेश धननन्द

की आज्ञा दे दी। उस समय के नियमानुसार सबसे बड़े राजपुत्र को राजचिह्न अंकित एक सोने की मुद्रा पहना दी जाती थी, जो मुरा के पुत्र चन्द्रगुप्त को भी पहना दी गई थी।

मारने वाले जब इस हृष्ट-पुष्ट तेजस्वी बच्चे को मारने के लिए जंगल में ले गए। तब न जाने उनके मन में क्या विचार आया, उन्होंने बच्चे का वध नहीं किया और उसे एक गांव के बाहर छोड़कर वे वापस आ गए। इस घटना से मुरा को बहुत दुःख हुआ और वह मन-ही-मन नन्द राजा से नफ़रत करने लगी।

नन्दवंश के नाश की आचार्य चाणक्य की प्रतिज्ञा से राजा धननन्द को बड़ा गुस्सा आया, परन्तु चाणक्य की विद्वता, उसके यश और प्रभाव से भी वह अनजान न था। प्रत्यक्ष रूप से एक ब्राह्मण को दंडित करना उसने ठीक नहीं समझा। उसके मंत्री राक्षस ने अपने गुप्तचरों को चाणक्य की गतिविधियों पर चौकस नज़र रखने की आज्ञा दे दी। चाणक्य खुद ही गुप्तचरों को समझने और पहचानने में बहुत चतुर थे। इसलिए उन्होंने खतरा भांपते हए अपने मित्रों, हितैषियों और प्रशंसकों का एक बड़ा वर्ग तैयार कर लिया, जिनकी मदद से वे दुर्ग से बाहर आ गए।

अपने समय के महान और सर्वश्रेष्ठ अर्थशास्त्री होने के कारण चाणक्य को यह स्पष्ट हो गया कि ये छोटे-छोटे राज्य आपसी मतभेदों के कारण तब तक इकट्ठे नहीं हो सकते, जब तक कोई ऐसी विशेष स्थिति न पैदा हो जाए, जिसमें उन्हें विवश होकर एकजुट होने का महत्त्व का पता चले।

जब चाणक्य दुर्ग से बाहर निकले, तब चन्द्रगुप्त उनसे मिला। हालांकि उनकी भेंट कैसे हुई, इसका कोई ठोस आधार नहीं है, किन्तु एक मत के

अनुसार चाणक्य जब चन्द्रगुप्त से मिले, उस समय उसकी आयु बारह वर्ष थी। वह बहुत ही बुद्धिमान और गुरु परायण था। जब चाणक्य ने चन्द्रगुप्त से गुरु दक्षिणा के सम्बन्ध में पूछा, तब चन्द्रगुप्त ने उन्हें वचन और आश्वासन दिया कि क्षत्रिय धर्म और परम्पराओं के अनुरूप वह उनकी सेवा करेगा। राजा बनने पर वह अपनी गुरु दक्षिणा ब्याज सहित भुगतान करेगा।

चन्द्रगुप्त ने चाणक्य के संरक्षण में मगध की स्थितियों का अध्ययन किया। अस्त्र-शस्त्र विद्या सीखी। चाणक्य सामुद्रिक विद्या के बड़े महान ज्ञाता थे, वे चन्द्रगुप्त के मस्तक और हाथों को देखकर समझ गए थे कि चन्द्रगुप्त में चक्रवर्ती राजा होने के सभी लक्षण मिलते हैं। उन्होंने तुरन्त ही उसमें भविष्य के चक्रवर्ती राजा की कल्पना कर ली।

चन्द्रगुप्त ने थोड़े ही समय में वे सभी विद्याएं सीख लीं, जो चाणक्य सिखाना चाहते थे। इन विद्याओं में धन और धर्म की प्रधानता थी। चाणक्य ने चन्द्रगुप्त के व्यक्तित्व में एक अद्भुत और अभूतपूर्व संकल्प शक्ति फूंक दी।

चाणक्य स्वयं को गुप्तचरों की स्थिति और वेश में रखने में समर्थ थे और चन्द्रगुप्त को भी उन्होंने गुप्तचर कला में कुशल कर दिया।

# 3

सिकन्दर आंधी की तरह बढ़ता हुआ गान्धार राज्य की सीमा तक आ पहुंचा था। गान्धार राज्य सभी दृष्टियों से भरा-पूरा और समर्थ था। उसका राजा आम्भि था। आम्भि की एक बड़ी समस्या यह थी कि वह पांचाल के राजा पुरु से ईर्ष्या रखता था। उसके ऐश्वर्य और संस्कृति को देखकर चिढ़ता था। किसी समय आम्भि और पुरु मित्र थे। किन्तु राजनीतिक स्वार्थों के सामने कोई भी शत्रु या मित्र नहीं होता। गान्धार को अपना सम्मान बचाना था और अपनी आंतरिक सुख-शांति की रक्षा भी करनी थी। ऐसे में उसने सोचा कि इसके लिए उसे किसी शक्तिशाली दोस्त की मदद लेनी चाहिए। किसी बलवान को दोस्त या सहायक बना लेने से वह चिन्ता से मुक्त हो सकता है।

आम्भि अभी इस दशा पर विचार कर ही रहा था कि पुरु ने गान्धार पर आक्रमण कर दिया और आम्भि हार गया। पुरु ने गान्धार को जीत लिया,

चाणक्य अपने शिष्य चन्द्रगुप्त के साथ

तब उसकी इच्छाएं और बढ़ने लगीं। वह अपने को चक्रवर्ती बनाने का सपना देखने लगा।

दैवयोग से यूनानी सम्राट का महत्त्वाकांक्षी बेटा सिकन्दर विश्वविजय का सपना पाले भारत की सीमाओं पर आ पहुंचा। आम्भि को लगा जैसे उसके सपनों को सही रूप देने के लिए ही सिकन्दर भारत की ओर चला आ रहा है। वह पुरु के ख़िलाफ़ जिस शक्तिशाली दोस्त का इन्तज़ार कर रहा था, उस सिकन्दर को भारतीय सीमाओं में घुसने से कोई परेशानी नहीं हुई। आम्भि ने उसे बुलाया।

आम्भि ने सिकन्दर से मित्रता कर ली और पुरु पर आक्रमण करने के लिए उकसाया। सिकन्दर ने पुरु पर चढ़ाई की और पुरु हार गया।

चाणक्य यह सब दृश्य बिना युद्ध में भाग लिए देख रहे थे। आम्भि ने सिकन्दर को बुलाया और भारत के क्षत्रियों पर कलंक लगा दिया था। सिकन्दर की जीत के बाद आम्भि और पुरु दोनों ही सिकन्दर के आदेशों का प्रशासनिक कर्मचारी की भांति पालन करते थे। उनके अपने ही राज्यों में उनकी व्यक्तिगत इच्छा का कोई मूल्य और महत्त्व नहीं रह गया।

चाणक्य ने चन्द्रगुप्त को सलाह दी कि वह सिकन्दर से मिले, उसकी इच्छाओं और योजनाओं को समझे, विशेष रूप से यूनानी युद्ध व्यूह रचना, सैन्य संचालन, अस्त्र संचालन, अस्त्र निर्माण और अस्त्रों की बढ़िया गुणवत्ता का अध्ययन भी गुप्त रूप से करे।

चाणक्य की इच्छा और नीति के अनुरूप चन्द्रगुप्त सिकन्दर से मिला। उसने सिकन्दर की गोपनीय व्यवस्था, यूनानी सैनिकों का संगठन और संचालन

का बिल्कुल पास से अध्ययन किया। चन्द्रगुप्त सिकन्दर से इस आशा से मिला कि शायद उससे मगध आक्रमण में कुछ मदद मिल सके, जिससे वह मगध पर अधिकार कर सके।

चन्द्रगुप्त को चाणक्य का वह अनुमान भी सही लगने लगा, जिसके अनुसार सिकन्दर खुद भारत में राज्य करने के लिए नहीं रह सकता। बल्कि वह यहां की धनराशि, सेना और राज्य सम्बन्धी अन्य लाभ के साधनों को इकट्ठा करके यूनान लौट जाएगा। ऐसा होने पर वे लोग संगठित होकर सिकन्दर को पीछे हटने से मज़बूर कर सकते हैं। उसके अधिकार वाले राज्यों को भी उसके चंगुल से मुक्त कराया जा सकता है।

आचार्य चाणक्य ने अखंड भारत का एक महान सपना देखा था। वे शक्ति को शक्तिमान सम्राट से कभी अलग नहीं समझते थे और इस शक्ति में देश की धनशक्ति का महान योगदान मानते थे।

चन्द्रगुप्त एक महान योद्धा था। आचार्य चाणक्य ने उसे सारे राजनीतिक प्रशिक्षण दिए थे। यद्यपि वह अभी राजा नहीं था और वह राजा हो भी पाएगा या नहीं इसमें किसी और को सन्देह हो सकता था, किन्तु चाणक्य को बिल्कुल भी शक नहीं था। उनके स्वप्न और सत्य में कोई अन्तर नहीं था। उनकी नज़र में चन्द्रगुप्त और मगध की राजसत्ता के बीच कोई आ ही नहीं सकता था।

उधर मगध का राज्य-भार मामूली नहीं था। उसका समाज, कला-कौशल, सेना इतने विकसित थे, जितने दूसरे देशों में नहीं थे। धन-धान्य और सुख-सम्पत्ति से सम्पन्न होने पर भी दुर्ग और राज्य की प्रजा राज-भय से आतंकित और आशंकित रहती थी।

चन्द्रगुप्त इस दशा को भली-भांति समझता था और चाणक्य भी। वे जानते थे कि कूटनीतिक स्तर पर मगध को तब तक प्राप्त नहीं किया जा सकता जब तक उसकी गोपनीय व्यवस्था को भंग न किया जाए। वे दोनों मगध में होने वाली सभी छोटी-बड़ी घटनाओं को अत्यन्त बारीक नज़र से देख रहे थे। उन्हें यह भी अनुभव हो रहा था कि दुर्ग पर अधिकार पाना सहज नहीं है। किन्तु चन्द्रगुप्त भी हाथ-पर-हाथ धरे नहीं बैठा था। उसके सारे काम चाणक्य की इच्छा और आदेशों के अनुसार किए जाते थे। वह उस धुरी के आस-पास घूम रहे थे।

सुन्दर, स्वस्थ और महत्त्वाकांक्षी चन्द्रगुप्त युवावस्था में थे। इस उम्र में होने वाले क्रोध और भावुकता की भावनाएं उसमें दोनों ही थे। उसे अपने बल का घमंड और अपनी कार्यकुशलता पर विश्वास था। चाणक्य के प्रति चन्द्रगुप्त की तत्परता, विश्वास और गुरुभक्ति अद्‍भुत थी। अठारह-उन्नीस वर्ष का चन्द्रगुप्त अपने जीवन का केन्द्र चाणक्य को ही मानता था।

अपने उद्देश्य की पूर्ति के लिए कोई भी योजना बनाते समय चाणक्य उसमें कोई कसर नहीं रखना चाहते थे। उनके विरोधी अपनी युक्तियों और उपायों से चन्द्रगुप्त या चाणक्य को तो हानि पहुंचा ही नहीं सकते थे, उलटे विपक्षी लोग अपने बनाए जाल में खुद फंसकर तड़पते दिखाई देते थे। इसी कारण साधारण मानसिकता के लोगों को यह भ्रम हो गया था कि चाणक्य दुष्ट, कपटी, झूठ बोलना वाला और विश्वास न करने लायक है। किन्तु ऐसा नहीं था।

चाणक्य द्वारा नन्द के नाश की प्रतिज्ञा कर लेने पर राक्षस सचेत हो गया। उसने राजा की सुरक्षा की कड़ी व्यवस्था कर दी और गुप्तचरों का जाल फैला दिया। चाणक्य को वह मारना या मरवाना भी नहीं चाहता

था और न ही उन्हें वह बन्दी बनाना चाहता था, क्योंकि वह जानता था कि उसके द्वारा चाणक्य को कोई हानि होने पर विद्रोह की स्थितियां बन सकती थीं।

चाणक्य और चन्द्रगुप्त के दुर्ग के बाहर चले जाने पर राक्षस उनकी ओर से निश्चिन्त नहीं हुआ। उसे यह शंका थी कि बाहर जाकर ये युद्ध की स्थिति पैदा कर सकते हैं। उसके लिए राक्षस तैयार हो गया।

चाणक्य और चन्द्रगुप्त ने छोटी-छोटी लड़ाइयों के प्रयास किए और दुर्ग पर आक्रमण किया। उसमें वे हार भी गए, क्योंकि राक्षस इस दशा के लिए पहले से तैयार था। दूसरे राजाओं की मदद से जब चाणक्य ने दुर्ग पर आक्रमण किया, तब भी उनकी हार हुई और उन्हें यह ज्ञान हो गया कि आमने-सामने के युद्ध में उनकी जीत नहीं हो सकती। तब चाणक्य ने कूटनीति की चालें चलने का पक्का इरादा बना लिया।

रसायनशास्त्र और चिकित्साशास्त्र का विशेष ज्ञान रखने वाले चाणक्य ने इस बीच ऐसे-ऐसे भयंकर विषैले पदार्थ बनाए, जिन्हें खा लेने के बाद जीवित रहने का कोई उपाय नहीं था। इन पदार्थों में कुछ ऐसे थे, जिन्हें छू लेने भर से मृत्यु हो जाती थी।

चाणक्य ने भारत के उत्तर-पश्चिमी सीमा पर राज्य करने वाले राजा पर्वतक से युद्ध में मदद पाने की योजना बनाई और उसमें विजयी हो जाने पर पर्वतक को आधा राज्य देने का वचन भी दिया। राक्षस को इस बात का आभास हो गया। तब उसने पर्वतक के बूढ़े मंत्री को पत्र लिखकर यह कहलाया कि पर्वतक यदि चाणक्य की मदद न करे, तो वह उसे आधा राज्य यों ही दे देगा, बशर्ते कि पर्वतक नन्द का साथ दे। किन्तु पर्वतक के

मंत्री के पास यह पत्र पहुंचने के पहले ही पर्वतक की सेनाएं मगध के लिए चल चुकी थीं।

राक्षस बहुत साहसी था। उसने चन्द्रगुप्त की हत्या कराने के उद्देश्य से विषकन्या का प्रयोग किया। चाणक्य को इस बात का पता चल गया। चाणक्य इस दशा का कुछ निराकरण कर पाते, उससे पहले ही विलासी पर्वतक उस विषकन्या के मोह में पड़कर अपने प्राणों से हाथ धो बैठा।

जब राक्षस को पता चला कि चाणक्य का कूटनीतिक जाल फैलता जा रहा है और उसे सफलता भी मिलती जा रही है, तो उसने उसकी फूट के उपाय तेज़ कर दिए और नन्द की सुरक्षा के प्रयत्न कड़े कर दिए। जहां-जहां से नन्द के जीवन को हानि होने की संभावना थी, उन सभी स्रोतों को उसने कठोरतापूर्वक बन्द कर दिया। राक्षस को विश्वास था कि वह विजयी होगा और चाणक्य उसका कुछ बिगाड़ नहीं सकेगा।

विषकन्या के प्रयोग से पर्वतक की मृत्यु का भरपूर लाभ चाणक्य ने उठाया और प्रचारित करवाया कि जो राक्षस पर्वतक से समझौता करके उसे आधा राज्य देने की बात कह रहा था, उसने ही इसका घात किया है। जनसाधारण की सामान्य बुद्धि में यह बात बैठ भी गई कि राज्य बचाने के लिए राक्षस ने ही यह किया होगा।

इस गंभीर स्थिति में फंस जाने पर राक्षस ने मलयकेतु को विश्वास में लिया। मलयकेतु पर्वतक का पुत्र था। उसकी आयु कम होने पर उसमें अनुभव और प्रौढ़ता की कमी थी। राक्षस ने वही समझौते का प्रस्ताव मलयकेतु के साथ भी किया। परन्तु चाणक्य ने मलयकेतु से कहा कि राक्षस ने उसके पिता को मरवाया है, उसको भी मरवा देगा। मलयकेतु भय से भागने लगा। चाणक्य

ने मलयकेतु को चन्द्रगुप्त के रास्ते से हटाने के लिए भागुरायण को नियुक्त कर दिया। भागुरायण चाणक्य का गुप्तचर था, जो खुद को राक्षस का विश्वासपात्र कहता था।

उसने मलयकेतु को समझाया कि चाणक्य ने विषकन्या के द्वारा उसके पिता को मरवा डाला है और अब उसे भी मरवा डालेगा। मलयकेतु घबरा गया और भाग खड़ा हुआ। यदि वह भाग न गया होता, तो चाणक्य को उसके पिता से हुए समझौते के अनुसार उसे आधा राज्य देना पड़ता।

राक्षस यहां भी चाणक्य से हार गया। फिर भी उसने अपने प्रयत्नों में कोई कमी नहीं आने दी। वह अपनी तत्परता तथा विश्वास में अटल था।

नन्द की सेना बहुत बड़ी थी। उसके पास उत्तम अस्त्र-शस्त्र थे। दुर्ग के चारों ओर गहरी खाई थी, जिसमें पानी भरा रहता था और उसे पार करना असम्भव था। दुर्ग के द्वार भेदना कठिन था। उसके बहुत-से द्वारों पर सीधा युद्ध करने के लिए सैनिकों, घुड़सवारों और हाथियों की बड़ी संख्या चाहिए थी, जो चाणक्य के पास नहीं थी।

चाणक्य की सेना में वनों में रहने वाले भीलों आदि की संख्या अधिक थी। यह सेना भूमि-से-भूमि पर होने वाले आक्रमणों को सह सकती थी, किन्तु इनमें घोड़ों और हाथियों से भिड़ने का पर्याप्त बल नहीं था। वे वीर और हिंसक थे, किन्तु उनके क़द प्रायः नाटे थे। चाणक्य ने इस सेना को जो प्रशिक्षण दिया था, उससे लाभ मिल पाने की भी एक सीमा थी।

चाणक्य जानते थे कि बड़े दुश्मन को जीत पाना किस प्रकार सम्भव हो

सकता है। इसके लिए उन्होंने युद्ध से पहले कई प्रकार के उपाय किए थे। उनका विश्वास गुप्तचर व्यवस्था पर बहुत अधिक था। उन्होंने दुर्ग के भीतर अपने गुप्तचरों को कई रूपों और वेशों में छिपा दिया था। युद्ध में जनशक्ति का सदुपयोग करना वे भली-भांति जानते थे और उन्होंने उस शक्ति का संरक्षण किया था। एक छोटी-सी व्यवस्था के सहारे उन्होंने राजा नन्द के ख़िलाफ़ मगध में एक विरोधी शक्ति खड़ी कर ली थी।

दुर्ग में साधु, ज्योतिषियों, बौद्ध और जैन संन्यासियों, व्यापारियों और सामान्य नागरिकों के रूप में चाणक्य ने अपने गुप्तचरों को नियुक्त कर दिया था। उनके यह गुप्तचर राजा नन्द के गुप्तचरों की टोह लेते थे। जन समूहों में आतंक और भय का वातावरण उत्पन्न करते थे। संन्यासियों के रूप में ऐसी भविष्यवाणियां करते थे, जिससे दुर्ग में भय और आशंकाएं फैल रही थीं। इससे नन्द और उनके मंत्रियों के प्रति अविश्वास और सेनाओं की दुर्बलता प्रकट होती थी।

चाणक्य के गुप्तचर मठों, मन्दिरों और विश्वसनीय गृहस्थों के साथ रहते हुए दुर्ग में आवेश और आशंकाएं फैला रहे थे। वे चाणक्य के पास बड़ी सेना और उत्तम अस्त्र-शस्त्र होने की बात कहते। तीनों काल के जानने वाले ज्योतिषियों के रूप में राजकुल और राजकर्मचारियों पर बहुत से ऐसे भेद खोलकर वे उन्हें आश्चर्यचकित करते थे, जो उनकी कल्पना में भी नहीं थे। वे स्त्रियों को बहुत प्रभावित करते, क्योंकि अपने पेट में बात पचा न पाने के कारण स्त्रियां यहां-वहां बातें फैला देतीं। राक्षस तथा अन्य मंत्रियों के पास ऐसी सूचनाएं पहुंच रही थीं, किन्तु इस दशा को रोकने का कोई सफल उपाय उनके पास नहीं था।

राक्षस तथा अन्य मंत्रियों ने यह अनुभव किया कि इन ज्योतिषियों और

साधुओं की भविष्यवाणियों से मामूली जनता ही नहीं, राजकुल के लोग और राजकर्मचारी भी प्रभावित हो रहे हैं। इसी प्रकार उसके सैनिकों के मनों में भी मनोबल भंग करने वाली बातें बैठा दी गई हैं। इसके कारण राक्षस ने अपने गूढ़ पुरुषों, गुप्तचरों की व्यवस्था और मज़बूत कर दी, किन्तु प्रजा के भीतर उठती और बढ़ती हुई लहरों को उससे नहीं रोका जा सकता था। यह साधु और ज्योतिषी जगह-जगह घूमने वाले होते थे और इन पर शंका या सन्देह करना प्रजा की भावनाओं को कुंठित करना था और उसके विरोध का कारण उत्पन्न करना था।

गुप्तचरों के रूप में चाणक्य ने स्त्रियों का प्रयोग किया था। वे बौद्ध भिक्षुणियों के रूप में द्वार-द्वार जाकर वातावरण में आशंकाएं और भयंकर सम्भावनाएं फैला रही थीं। वे स्त्रियों और बालक-बालिकाओं को बहुत प्रभावित करती थीं। भिक्षुणियां शांति और अहिंसा का उपदेश देतीं, किन्तु होने वाली भयंकर हिंसा की व्याख्या इस रूप में करती थीं कि वे लोग भयभीत हो उठें।

इन गुप्त वेशधारी साधुओं और भिक्षु-भिक्षुणियों का कथन तब सत्य सिद्ध होता, जब लोग यह देखते कि जगह-जगह आग लगती है, धुआं उठता है और विस्फोट होते हैं। चाणक्य ने इस प्रकार की दशा उत्पन्न करने के लिए विशेष प्रयोग और व्यवस्था की थी। कबूतरों तथा अन्य पक्षियों के पैरों में, पंखों में तथा कंठों में ऐसी रासायनिक गुटिकाएं या गोलियां बांध दी जाती थीं, जो धरती या किसी अन्य पदार्थ से टकराते ही फूटकर आग लगा देती थीं। इससे लगी आग और धुआं को देखकर लोग भयभीत होते और भावी आशंकाओं का अनुमान करते।

आम जनता को ब्राह्मण चाणक्य की सिद्धियों पर पूरा विश्वास था और

उनकी धारणा थी कि चाणक्य मामूली ब्राह्मण नहीं है। वह अलौकिक शक्तियों को जानने वाले और उनका प्रयोग करने वाले हैं। नन्द वंश की नाश की प्रतिज्ञा कभी असत्य नहीं हो सकती। स्त्री वेशधारी गायिकाओं, वादिकाओं, नृत्यांगनाओं के माध्यम से चाणक्य ने मगधवासियों के मन में विशेष स्थान बना लिया था। ये बनावटी कलाकार गुप्तचर विद्या में चतुर थे। ये सामान्य जनों और राजकीय विशेषाधिकारियों तक से मिलते-जुलते, उनके महत्त्वपूर्ण रहस्य प्राप्त करते और चाणक्य के शिविरों तक पहुंचा देते थे। इससे प्रजा के मनोबल और राजकुल की मानसिकता का अनुमान चाणक्य लगा लेते थे।

# 4

चाणक्य यह जानते थे कि नन्द जैसे महाप्रतापी राजा पर विजय पाने के लिए युद्ध ही एक सफल साधन हो सकता है। उन्होंने रासायनिक प्रयोगों से विषैले धुएं और आग की लपटों का प्रयोग भी किया था, जिसके फलस्वरूप यह समझा जाता था कि साधुओं और ब्राह्मणों की भविष्यवाणी सत्य सिद्ध हो रही है और मगध का भविष्य अंधकारपूर्ण है।

कूटनीतिक चालों को समझने वाले चाणक्य अपने दुश्मन के दिल का कोना-कोना देख सकते थे। उन्होंने पता लगा लिया था कि दुर्ग में काफ़ी खाना और पानी भी है। किन्तु पानी की व्यवस्था की ओर उनका ध्यान तुरन्त गया। उन्होंने देखा की दुर्ग के चारों ओर की खाई का जल केवल दुर्ग की रक्षा ही नहीं करता, बल्कि दुर्ग के भीतर जल की भी ज़रूरत की पूर्ति करता है। उन्होंने पता किया कि इस खाई में विशाल जलराशि सोन नदी में बनाए गए एक बनावटी स्रोत से आता है। उन्होंने उसके बन्द करने की व्यवस्था की और खाई में भरे

हुए जल की निकासी का मार्ग भी उन्होंने खोज़ लिया। इसकी काट करने के उद्देश्य से ऊंचे धरातल से नीचे धरातल तक पानी पहुंचाने के लिए जलमार्ग तैयार करा दिया। परिणामस्वरूप क़िले की खाई का वह गहरा पानी जिसमें हाथी भी डूब सकते थे, धीरे-धीरे ख़ाली हो गया और अब क़िले की दीवार तक पहुंचने में कोई कठिनाई नहीं रह गई।

कहा जाता है कि मगध का वह युद्ध राजा नंद और चन्द्रगुप्त का युद्ध नहीं था। वह राक्षस और चाणक्य की नीतियों का युद्ध था। दोनों ही नीतिकुशल और रहस्यमयी गुप्तचर व्यवस्था को बहुत महत्त्व देने वाले थे। दोनों ही सारे नीतिशास्त्रों के जानकार थे। शस्त्र-विद्या और शास्त्र-विद्या में दोनों ही योग्य थे।

फिर भी दोनों के उद्देश्य अलग-अलग थे। चाणक्य चन्द्रगुप्त को राजा बनाना चाहता था और राक्षस अपने राजा और उसके वंश का सम्मान रखना चाहता था। चाणक्य की सूझ-बूझ की यह चरम सीमा थी। वह जानता था कि नन्द का नाश हो जाने पर भी राक्षस के रहते नन्द की पूरी हार और चन्द्रगुप्त का राज्य सुरक्षित नहीं माना जा सकता।

इस तरह जहां वह एक राजनीतिक युद्ध था, वहीं दो राजनीतिक पंडितों का बौद्धिक तथा दो नीतियों और दो आदर्शों का टकराव था। चाणक्य उत्तर में हिमालय से लेकर दक्षिण में समुद्र-तट तक फैले भारत में अखंड राज्य का सपना देखते थे। जबकि राक्षस मगध राज्य के सुख और वैभव के लिए सर्वस्व बलिदान करने के लिए तैयार था।

चाणक्य की राजा सम्बन्धी मन की धारणा अलग थी। उनके अनुसार राजा को संयमी, अपने काम में निपुण और प्रजा के लाभ-हानि का ध्यान

चाणक्य की सेना का मगध के क़िले पर आक्रमण

रखना आवश्यक था। मंत्री राक्षस कुशल मंत्रित्व में विश्वास करता था और राजा को अपनी इच्छा से राज्य करने का मौक़ा देता था।

जब चाणक्य और चन्द्रगुप्त ने नन्द के दुर्ग को घेरा। उसके साथ पर्वतक की भी सेना थी। किन्तु विषकन्या द्वारा पर्वतक की हत्या हो चुकी थी। इसके बाद चाणक्य की सेना ने क़िले के चारों ओर खुदी गहरी खाई का पानी सूखने के बाद आक्रमण कर दिया।

दुर्ग के बाहरी दरवाज़े से उसके भीतर आने-जाने वालों के लिए खाई के ऊपर मोटे काठ के पुल बने हुए थे। युद्ध के मौक़े पर इन पुलों को उठा लिया जाता था और ये दुर्गद्वारों को दोहरी सुरक्षा प्रदान करते थे। चाणक्य ने खाई में ऐसे रास्ते बना दिए, जो दुर्ग द्वार तक अश्वारोहियों और गजरोहियों को ले जा सकते थे। इन द्वारों को तोड़ने के लिए चाणक्य के सैनिकों को असम्भव प्रयास करने पड़े।

अनुमान किया जाता है कि कठोर द्वारों को तोड़ने, काटने तथा उसमें लगी हुई धातुओं को पिघलाने के लिए रासायनिक प्रयोग किए गए।

कहा जाता है कि जिस समय दुर्ग का द्वार खुला, उस समय भी मगध की काफ़ी सेना दुर्ग में थी। वहां भयंकर युद्ध हुआ। स्वयं चाणक्य और चन्द्रगुप्त ने अस्त्र-शस्त्रों से घात-प्रतिघात किए। इससे चाणक्य की सेना का साहस बहुत अधिक बढ़ गया। स्वभाव से हिंसक, वनों और पर्वतों में रहने वाली जातियों के सहयोग से बनाई हुई सेना उत्साहित हो उठी।

चाणक्य की सेना की अपेक्षा राक्षस की सेना बड़ी थी, किन्तु वह प्रहार करने की स्थिति में नहीं रह गई थी। उनका मनोबल टूट चुका था। उन्हें

साधुओं, भिक्षुओं और ज्योतिषियों की भविष्यवाणियां सही होती दिखाई दे रही थीं।

दुर्ग की सेना थक चुकी थी। इस थकान का लाभ चाणक्य ने उठाया और अपनी कूटनीति से नन्द को मरवा दिया।

# 5

यह तो इतिहास प्रसिद्ध है कि नन्द की मृत्यु का कारण चाणक्य ही थे। किन्तु राजा नन्द की मृत्यु किस प्रकार हुई इस पर अनुमान है कि युद्ध से पहले ही नन्द की मृत्यु हो चुकी थी। एक अनुमान यह है कि चाणक्य ने कुछ ऐसे विष-मिश्रित भोजन बनवाए थे, जिनको खाने की भी आवश्यकता नहीं थी। केवल छूने से ही पूरे शरीर में विष फैलना सम्भव था। नन्द इन्हीं खाने के पदार्थों के द्वारा मारा गया।

राक्षस के लिए यह घटना बड़ी दुःखदायी थी। फिर भी उसने अपने को सम्हाला और बिना राजा वाले दुर्ग की रक्षा करता रहा। नन्द के स्थान पर उसने उसके भाई स्वार्थसिद्धि को राजा बना दिया। राक्षस खुद पन्द्रह दिनों तक चन्द्रगुप्त, चाणक्य और पर्वतक की सेनाओं से भयंकर युद्ध करता रहा।

स्वार्थसिद्धि मगध का दुर्ग छोड़कर संन्यासी बन गया

युद्ध द्वारा थका हुआ राक्षस चाणक्य की कूटनीति का फिर शिकार बना। चाणक्य ने अपने अति विश्वसनीय दोस्त को राक्षस का विश्वासपात्र बनाकर अपने स्वार्थ साधन का मार्ग खोल लिया। जीवसिद्धि क्षपणक नामक यह विश्वासपात्र स्वार्थसिद्धि के पास पहुंचा। उसने स्वार्थसिद्धि को वैराग्य का ऐसा पाठ पढ़ाया कि स्वार्थसिद्धि मगध का दुर्ग छोड़कर संन्यासी बनकर जंगलों में चला गया।

चाणक्य इसी मौक़े की तलाश में थे। वहां उन्होंने स्वार्थसिद्धि को मरवा दिया। राक्षस अपने को आश्रयहीन समझने लगा। उसे साफ़-साफ़ चाणक्य की कूटनीतिक सफलता का आभास होने लगा। उसने अनुमान लगाया कि चाणक्य चन्द्रगुप्त के साथ दुर्ग में घुसेगा और उसके लिए वहां की स्थितियां अनुकूल नहीं रहेंगी। उसने फिर भी साहस नहीं खोया। नन्द वंश की भक्ति उसमें कूट-कूट कर भरी थी। उसने मन में संकल्प किया कि कुछ भी हो वह नन्दवंश की फिर से प्रतिष्ठा करके रहेगा। और चन्द्रगुप्त को राजा नहीं मानेगा।

दुर्ग के द्वार खुलने के बाद नन्दों का नाश हो चुका था। सेना बिना किसी सेनानायक के आश्रयहीन हो रही थी। राक्षस सुरंग मार्ग से दुर्ग से बाहर जाने की तैयारी कर रहा था। उसने अपने परिवार को अपने परममित्र जौहरी चन्दन दास के पास छोड़ दिया था। राक्षस के दुर्ग छोड़ने पर भी दुर्ग में नन्द भक्त और उसके हितैषी रह गए थे।

राजप्रासाद में पहुंचकर चन्द्रगुप्त का सिंहासन पर बैठने का समय आ गया था। प्रवेश करने के लिए हाथियों की व्यवस्था की गई थी। राक्षस का प्रभाव मगध में अभी खत्म नहीं हुआ था। उसने ऐसे कुशल कारीगरों और शिल्पियों को अपने विश्वास में लिया, जो प्रवेश द्वार पर बन्दनवार आदि

सजाने में चतुर थे। इस कार्य के लिए दारुवर्मा नाम के शिल्पी को तैयार किया गया। राक्षस ने उसे यन्त्र से चलने वाला बन्दनवार बनाने का आदेश दिया। इस बात को अत्यन्त गुप्त रखते हुए उसने दारुवर्मा को समझा दिया कि जब चन्द्रगुप्त अपनी हथिनी पर बैठकर बन्दनवार से प्रवेश करने लगे ता वह बन्दनवार चन्द्रगुप्त पर गिरा दे, जिससे उसकी मृत्यु हो जाए।

उधर राक्षस ने पर्वतक के भाई वैरोधक से इस बात का गुप्त समझौता कर लिया था कि यदि चन्द्रगुप्त को राज्य प्राप्ति के मार्ग से वह उसे हटा सके तो राक्षस उनके पूरे राज्य की प्राप्ति में सहयोग और समर्थन करेगा।

चाणक्य के गुप्तचरों ने इस योजना की जब सूचना दी तो उसने चन्द्रगुप्त की हथिनी पर चन्द्रगुप्त जैसे ही अस्त्र और गहने पहनाकर वैरोधक को बैठाया। वैरोधक चाणक्य से भी मिला हुआ था, क्योंकि चाणक्य ने उसे मगध का एक भाग देने का वायदा किया था। अतः चाणक्य ने पहले उसे ही बन्दनवार से निकल जाने का सम्मान प्रदान किया।

दारुवर्मा वैरोधक को ही चन्द्रगुप्त समझ बैठा और यंत्र द्वारा बन्दनवार गिरा दिया। जिस हथिनी पर वैरोधक बैठा था, उसका महावत बर्बरक था। राक्षस ने अपनी योजना पूरी तरह ठीक करने के लिए बर्बरक को भी अपनी ओर मिलाया हुआ था। उसने बर्बरक से कहा था कि यदि बन्दनवार का निशाना चूक जाए तो बर्बरक कटार से चन्द्रगुप्त को मार डाले। बन्दनवार गिराने पर निशाना चूक जाने पर बर्बरक ने वैरोधक को मारने की कोशिश की। हथिनी, बन्दनवार की चोट पड़ने से विचलित हो गई और भाग निकली। परिणाम यह हुआ कि इससे बर्बरक की मृत्यु हो गई।

दारुवर्मा घबरा गया और यन्त्र की कील से चन्द्रगुप्त के भ्रम में वैरोधक को

मार दिया। वैरोधक के पीछे चलने वाले आदमियों के झुण्ड में दारुवर्मा को ढेले मार-मारकर मार दिया। चन्द्रगुप्त सुरक्षित हो गया। अब उसके आधे राज्य का दावेदार वैरोधक भी इस संसार में नहीं था।

चन्द्रगुप्त की हत्या के तरह-तरह के जो प्रयत्न राक्षस ने किए थे। उसका अभी अन्त नहीं हुआ था। राजसिंहासन तक पहुंचने के पहले ही चन्द्रगुप्त को मारने के लिए और भी उपाय किए गए थे। वैद्य अभयदत्त को ऐसी विषाक्त औषधि बनाने के लिए कहा गया था, जिसके सेवन से चन्द्रगुप्त की मृत्यु जल्दी हो जाए। चाणक्य इन सब स्थितियों से बहुत सचेत थे। उन्होंने वह विषाक्त औषधि पीने के लिए अभयदत्त को ही मजबूर किया, जिससे अभयदत्त औषधि पीते ही मर गया।

जिस कमरे में चन्द्रगुप्त को सोना था, उसकी चाणक्य ने बड़ी पैनी नज़र से जांच की। उन्होंने देखा कि कुछ चीटियां चावल या खाने की चीज़ों के छोटे टुकड़े लेकर चल रही हैं, इससे चाणक्य को सन्देह हो गया। उन्होंने उसके नीचे बनी सुरंग खोज ली और सुरंग सहित पूरे घर में आग लगवा दी। इस तरह उसमें छिपे चन्द्रगुप्त की हत्या करने वाले राक्षस का आज्ञाकारी वीभत्सक भी जलकर राख हो गया। चाणक्य ने सोने के कमरे के अधिकारी प्रमोदक से कड़ाई से पूछताछ की और उसके उचित उत्तर न दे पाने पर प्रमोदक को मरवा दिया।

शकटदास राक्षस का विश्वसनीय सहायक था। चाणक्य ने उस पर आरोप लगाया कि इसने ही दारुवर्मा आदि को चन्द्रगुप्त की हत्या के लिए नियुक्त किया था। उसे वध करने की आज्ञा दे दी। किन्तु वध की आज्ञा देकर भी चाणक्य ने उसका वध नहीं कराया।

बधिकों को उन्होंने संकेत से सब कुछ समझा दिया था। इस व्यक्ति का लाभ बाद में चाणक्य ने अपनी गुप्त योजनाओं में उठाया।

इस प्रकार सभी बाधाएं हटाकर और षड्यन्त्र विफल करके चाणक्य ने चन्द्रगुप्त को सिंहासन पर बैठा दिया। अब उनके लिए सबसे महत्त्वपूर्ण विषय यह था कि चन्द्रगुप्त का राज्य पूरे भारत में फैला हो।

# 6

चाणक्य चाहते थे कि चन्द्रगुप्त की सत्ता इतनी प्रबल हो कि किसी दुश्मन को उधर आंख उठाने का भी साहस न हो। इन सबके लिए श्रेष्ठ कुशल अमात्य या प्रधानमंत्री आवश्यक था। जैसे निष्ठावान अमात्य की आवश्यकता उसे थी, वे गुण राक्षस में थे। किन्तु राक्षस को अमात्य रूप में प्राप्त करना असम्भव था, क्योंकि राक्षस नन्दों के अतिरिक्त किसी दूसरे स्वामी की कल्पना नहीं कर सकता था। वह दृढ़व्रती, दूरदर्शी और अपने मित्रों के क्षेत्र को बढ़ाने में बहुत निपुण था।

चाणक्य जानते थे कि साम, दाम, दंड, भेद आदि में किसी नीति से राक्षस को अमात्य रूप में पाना सम्भव नहीं है। हां, यदि कुछ सम्भव था तो वह विनम्रता और बुद्धिमत्ता से ही सम्भव था, किन्तु विनम्रता का वह अवसर नहीं था।

चोट खाए सांप की तरह राक्षस उस समय अपने संकल्प और उद्देश्य के सामने किसी अन्य विषय को महत्त्व नहीं दे रहा था। चाणक्य ने अनुमान लगाया कि यदि कुछ करना है तो राक्षस को विषम परिस्थितियों में डालकर वर्तमान स्थितियों की संवेदनशीलता का आभास कराया जा सकता है।

राक्षस की मानसिकता बदलने और राक्षस को चन्द्रगुप्त का अमात्य बनने हेतु मज़बूर करने के लिए चाणक्य ने क्रोध का नाटक किया था। सामान्यतः 'राक्षस' पक्ष का यह अनुमान था कि चाणक्य के चन्द्रगुप्त के साथ रहते हुए चन्द्रगुप्त का कुछ भी बुरा नहीं हो सकता। चन्द्रगुप्त को यदि पराजित और प्रभावित करना है तो चाणक्य को उससे पृथक करना होगा। राक्षस उपयुक्त परिस्थिति का इंतज़ार कर रहा था। वह जानता था कि चाणक्य अपने क्रोध के लिए प्रसिद्ध हैं और राजकाज संचालन में राजा तथा अमात्य के बीच ऐसे कई प्रसंग आते हैं, जहां विरोध की स्थिति आ ही जाती है। उसका विश्वास था कि चाणक्य के सहयोग और सहायता से टूटकर चन्द्रगुप्त का अस्तित्व नहीं रह जाता।

चाणक्य को राक्षस की इस सोच का पता चल चुका था। उन्होंने अपने उद्देश्य की सिद्धि के लिए चन्द्रगुप्त के हित के लिए क्रोध का नाटक करने का निश्चय किया।

राक्षस युद्ध की तैयारियां कर रहा था। वह अपने सहयोगी राजाओं से सहायता ले रहा था। बस उसे इंतज़ार था चाणक्य और चन्द्रगुप्त में लड़ाई की। चाणक्य ने स्थिति को समझकर इसका कूटनीतिक लाभ उठाने के विचार से चन्द्रगुप्त से लड़ाई करने का निश्चय किया। इस क्रोध के नाटक का उद्देश्य और स्वरूप चन्द्रगुप्त को भली-भांति ज्ञात था।

राक्षस को गुप्तचर द्वारा ज्ञात हुआ कि पर्वतक के बेटे मलयकेतु के भाग जाने और राक्षस से मिल जाने के बाद चाणक्य और चन्द्रगुप्त में विरोध उत्पन्न हो गया है। चन्द्रगुप्त अब चाणक्य की इच्छाओं और आज्ञाओं का पालन पहले के समान नहीं करता, इससे राक्षस आश्वस्त हो गया।

चन्द्रगुप्त और चाणक्य एक जलसे में क्रोध का नाटक करते हैं। चन्द्रगुप्त गुस्से में भरकर चाणक्य से वही प्रश्न करता है जिनका उत्तर सुनने के लिए राक्षस का पक्ष लालायित था। चाणक्य ने पैर पटकते हुए अमात्य पद का प्रतीक शस्त्र फेंक दिया। यह शस्त्र एक छोटी तलवार होती थी जो यह सिद्ध करती थी कि जिसके पास वह है, वही राजा का अमात्य है।

राक्षस को इस घटना का जब पता चला तो उन्हें इस बात का संतोष हो गया कि चाणक्य और चन्द्रगुप्त में सचमुच लड़ाई हो गई है। चाणक्य समझ गए कि उनके विरोधी इस नाटक से भ्रम में पड़ गए हैं। वे इस भ्रम में पड़े रहें इसी में चन्द्रगुप्त का हित और लाभ था, क्योंकि राक्षस जिस भविष्य की कल्पना कर रहा था वह कभी सम्भव ही नहीं था। चाणक्य और चन्द्रगुप्त में कभी विरोध नहीं हो सकता था।

चाणक्य ने राक्षस के परममित्र चन्दनदास को भी बन्दी बना लिया था। यह बात राक्षस का गुप्तचर भागुरायण मलयकेतु को बताता है। चूंकि भागुरायण वास्तव में चाणक्य से मिला था, इसलिए वह राक्षस की प्रत्येक बात का उलटा अर्थ बताकर मलयकेतु को उत्तेजित करता है।

मलयकेतु राक्षस से मिलता है। राक्षस उसे कहता है कि 'उसे महाराज के रूप में देखकर ही पीड़ा दूर होगी' मलयकेतु संदेह करता हुआ उससे युद्ध और आक्रमण सम्बन्धी योजना के विषय में पूछता है। राक्षस चाणक्य और

चन्द्रगुप्त मगध के दुर्ग पर आक्रमण के लिए तैयार

चन्द्रगुप्त की कलह और विरोध का प्रसंग बताते हुए कहता है कि यही उचित समय है। जब हमें चन्द्रगुप्त के विरुद्ध युद्ध छेड़ देना चाहिए। इससे मलयकेतु का सन्देह और बढ़ गया, किन्तु वह संदेह प्रकट नहीं करता और वहां से बिना कुछ कहे चला आता है।

इस तरह मलयकेतु और राक्षस में फूट के बीज डलवाने का काम चाणक्य ने बड़ी चतुराई से कर दिया। बाद में राक्षस को पता चलता है कि उसका विश्वासपात्र जीवसिद्धि क्षपणक भी चाणक्य का गुप्तचर है। राक्षस अकेला रह जाता है। अब चन्द्रगुप्त से युद्ध करने की कोई आवश्यकता नहीं रह गई थी। राक्षस का ध्यान अब चन्दनदास की ओर ही था। वह किसी क़ीमत पर उसके वध को रोकना चाहता था।

चाणक्य और चन्द्रगुप्त ने मलयकेतु को बन्दी बना लिया था। राक्षस अपनी विफलता से हताश हो गया था।

# 7

राक्षस चन्दनदास के विषय में जानकारी प्राप्त करने के लिए नगर पहुंचा, तो देखा राजा नन्द का सुन्दर बग़ीचा नष्ट हो गया है। नन्द की याद में वह व्याकुल हो रहा था कि उसने देखा कि कोई मनुष्य फांसी लगाने की तैयारी कर रहा है।

संवेदनशील राक्षस जब उसके पास गया और उससे उसकी आत्महत्या का कारण पूछा तो पता चला वह पाटलिपुत्र का जिष्णुदास व्यापारी है, जो उसका सबसे प्रिय दोस्त था।

जिष्णुदास ने अपनी सारी सम्पत्ति दान कर दी और अब वह आत्महत्या करने के लिए नगर से बाहर आ गया है। वह अपने एक और प्रिय दोस्त की मृत्यु का समाचार नहीं सुनना चाहता, इसलिए आत्महत्या कर रहा है।

अमात्य राक्षस को चाणक्य की कूटनीतिक चालों का आभास

राक्षस के यह पूछने पर कि उसका प्रिय दोस्त कौन है? पता चलता है। चन्दनदास ही जिष्णुदास का सबसे प्रिय दोस्त है। उसकी यह बात सुनकर राक्षस बहुत भावुक हो गया और आवेशपूर्वक उसने कहा कि वह तलवार के बल पर चन्दनदास को मृत्यु के मुंह से छुड़ाएगा।

उसी समय राक्षस ने देखा कि चन्दनदास अपने स्त्री-बच्चों सहित वध-स्थल की ओर बढ़ रहा था। जल्लाद जनसमूह को हटाते हुए आगे बढ़ रहे थे। उसके बच्चे और स्त्री प्राणरक्षा के लिए चिल्ला रहे थे। राक्षस यह देखकर उनके सामने जाता है और जल्लादों से कहता है कि 'चाणक्य को कहो राक्षस आ गया है।'

चाणक्य ने वध-स्थल पर पहुंचकर राक्षस को प्रणाम किया और प्रार्थना की कि वे चन्द्रगुप्त पर कृपा करें। वे बताते हैं कि ये जल्लाद नहीं हैं। इनमें से एक उसका पूर्व सेवक सिद्धार्थक है और दूसरा सुसिद्धार्थक राजपुरुष है। चाणक्य ने स्वीकार किया कि इतना सब कुछ उन्होंने चन्द्रगुप्त को अमात्य रूप में पाने के लिए ही किया है।

चन्द्रगुप्त भी इसी समय वहां पहुंचा। वह राक्षस को प्रणाम करता है और राक्षस उसे विजयी होने का आशीर्वाद देता है।

चाणक्य ने राक्षस से कहा कि चन्दनदास की जीवनरक्षा तभी हो सकती है, जब अमात्य पद का प्रतीक शस्त्र राक्षस धारण कर ले। राक्षस ने तुरन्त ही शस्त्र धारण कर लिया और चाणक्य की राजनैतिक तथा कूटनीतिक जीत सम्पन्न हो गई।

उसी समय चाणक्य को सूचना मिली कि भागुरायण और भद्रभट आदि

मलयकेतु के हाथ-पैर बांधकर ले आए थे और वह द्वार पर उपस्थित थे। इस पर चाणक्य ने कहा- अब जो कुछ भी निवेदन करना है, वह अमात्य राक्षस से ही किया जाए। राक्षस ने आदेश दिया कि वह मलयकेतु के साथ रह चुका है, इसीलिए उसका वध न किया जाए।

चन्द्रगुप्त ने मलयकेतु को मुक्त कर दिया था और उसका राज्य भी उसे दे दिया था। चाणक्य ने चन्दनदास को सभी नगरों का नगरसेठ बना दिया और दुर्गपाल तथा विजयपाल को आदेश दिया कि इस मंगल अवसर पर हाथी-घोड़ों तक के बन्धन खोल दिए जाएं।

इतना कहकर चाणक्य ने अपने खुले हुए बालों को चोटी में बांध लिया। आज उनकी प्रतिज्ञाएं पूर्ण हो गई थीं।

चाणक्य ने कूटनीतिक चालें चलकर चन्द्रगुप्त को राजा बनाया था। राक्षस और चाणक्य का संघर्ष पूरी तरह कूट-कौशल पर आधारित था। युद्ध की बहुत संभावनाएं उपस्थित हुई पर युद्ध नहीं हुआ। युद्ध का निवारण जब कूटनीति से हो, तब वह कूटनीतिक विजय अधिक महत्त्वपूर्ण बन जाती है।

राक्षस और चाणक्य के संघर्ष में निःसंदेह चाणक्य श्रेष्ठ हैं। चाणक्य द्वारा रचित ग्रन्थ 'अर्थशास्त्र' में धर्म और अहिंसा की प्रशंसा की गई है और कुटिल राजनीति को अच्छा नहीं माना गया। यह भी कहा गया है कि इस प्रकार की नीति का प्रयोग मजबूरी में ही करना चाहिए।

कूटनीति का आश्रय सोद्देश्य और सद्‌भावना को स्थिर रखने के लिए लेना चाहिए। जो बलवान हैं, उन्हें भी कूटनीति का आश्रय इसलिए लेना पड़ता है

कि उससे अनेक छोटी-मोटी हिंसात्मक और संहारजन्य स्थितियों से बचा जा सकता है। जो कूटविद्या छोटे-मोटे स्वार्थों की पूर्ति के लिए प्रयुक्त होती है, वह बेकार होती है। इस तरह चाणक्य की सतर्कता, बुद्धि मत्ता और दूरदर्शिता अद्‍भुत थी और आज भी है।

# 8

चन्द्रगुप्त को मगध का राजा बना देने और उसके अमात्य रूप में राक्षस को प्रतिष्ठित कर देने पर चाणक्य का प्रयत्न और स्वप्न पूरा हो गया। चाणक्य की शिखा बंध गई।

चन्द्रगुप्त को राजा रूप में सिंहासन पर बैठा देखकर चाणक्य को बहुत प्रसन्नता होती। सम्भवतः इसमें उनको अपने संकल्प और प्रतिज्ञा पूरी होने की परछाईं दिखाई देती थी। किन्तु उनकी इस प्रतिज्ञा के अलावा एक महान सपना भी उनके मन पर अंकित था। वे भारत को अखंड रूप में एक केन्द्रीय सत्ता के अधीन देखना चाहते थे। उस अखंडता की रक्षा एक शक्तिशाली शासक या सम्राट ही कर सकता था।

उस अखंडता की रक्षा एक शक्तिशाली शासक या सम्राट ही कर सकता था। सिकन्दर ने भारत की मर्यादा, उसकी धार्मिक श्रेष्ठता और उज्ज्वलता को

चाणक्य ने चोटी बांधकर अपनी प्रतिज्ञा का संकल्प पूरा किया

जो ठेस पहुचांई थी उसका भी वे निराकरण करना चाहते थे। उन्होंने देश की क्षमताओं और वैभव का अध्ययन भली-भांति किया था। इसलिए उन्होंने उत्तर में हिमालय से लेकर दक्षिण के समुद्र-तटों तक एक चक्रवर्ती सम्राट के राज्य की स्थापना का प्रयत्न किया था।

चन्द्रगुप्त के जिस राज्य की नींव ईस्वी पूर्व 321 में चाणक्य ने डाली थी, वह राज्य लगभग एक हज़ार पचास वर्ष तक चलता रहा। शिलालेखों तथा दूसरे प्रमाणों के आधार पर यह कहा जाता है कि चन्द्रगुप्त मौर्य के वंशज अपनी कई राजधानियां बदल-बदलकर विक्रम की आठवीं शताब्दी तक राज्य करते रहे। मौर्य वंश की इस स्थिरता का कारण आचार्य चाणक्य की दूरदृष्टि और उनका पौरुष था। मज़बूत केन्द्रीय सत्ता के द्वारा ही वह शक्तिशाली भारत की कल्पना को साकार करने वाले युगपुरुष थे।

चन्द्रगुप्त के राज्य-स्थापना और नन्दवंश के नाश में ही चाणक्य के जीवन का महत्त्वपूर्ण भाग समाप्त हो गया था जिसमें मनुष्य अपने संसार और परिवार की कल्पना करता है।

सिकन्दर की मृत्यु 323 ईस्वी पूर्व हो चुकी थी। उसके पश्चात् बहुत सारे राजनीतिक प्रश्न उभर कर आए। जिन अधिकारियों, क्षत्रपों और प्रशासकों को उसने अपने द्वारा विजयी राज्यों पर नियुक्त किया था उनमें आपस में प्रतिस्पर्धा और राज्य विस्तार की इच्छा उत्पन्न हो गई। इनमें से पश्चिम मध्य एशिया या पश्चिम उत्तर एशिया में एंटीगोनस और सैल्यूकस ने अपने स्वतंत्र राज्य स्थापित कर लिए।

भारत में अपने जीते हुए पश्चिमोत्तर भारत पर सिकन्दर ने फिलिप का शासक बना दिया था। उसके शासन के अन्तर्गत भारत के कुछ छोटे राज्य

थे, किन्तु इन राज्यों ने मिलकर फिलिप के शासन का अंत कर दिया और वे स्वतंत्र होने लगे। फिर भी जो यूनानी प्रभाव और आतंक सिकन्दर भारत के पश्चिम में छोड़ गया था, वह समाप्त नहीं हुआ था।

सैल्यूकस महत्त्वाकांक्षी था। भारत की सम्पदा उसकी दृष्टि में थी और वह भारत पर विजय प्राप्त करके सिकन्दर की तरह वापस लौट जाने का विचार भी नहीं रखता था। उसका सपना स्थायी राज स्थापित करने का था। सैल्यूकस की महत्त्वाकांक्षा उस समय सिकन्दर के दोबारा आक्रमण का आभास दे रही थी।

सम्राट चन्द्रगुप्त सैल्यूकस की गतिविधियों से परिचित था। उसकी गुप्तचर व्यवस्था बहुत मज़बूत थी और स्थिति की गम्भीरता का बोध उसे लगातार हो रहा था।

उधर जाडोशिया, बैक्ट्रिया आदि प्रदेशों पर विजय प्राप्त करते हुए सैल्यूकस अपने शरीर में सिकन्दर की आत्मा को उभरता हुआ अनुभव कर रहा था। वह भारत पर आक्रमण करके अपना राज्य स्थापित करने की सोच रहा था। ईस्वी पूर्व 306 में भारत पर उसने आक्रमण भी कर दिया।

मगध सम्राट चन्द्रगुप्त दिग्विजय की इच्छा मन में लिए आस-पास के कई छोटे-बड़े राज्यों और गणराज्यों पर विजय प्राप्त करता हुआ पश्चिमी भारत की ओर बढ़ रहा था। उसका सैन्य संगठन बड़ा मज़बूत था। उसकी सेना में छः लाख सैनिक, तीस हज़ार घोड़े और नौ हज़ार हाथियों का बल सम्मिलित था।

ऐतिहासिक उल्लेखों से पता चलता है कि सैल्यूकस और चन्द्रगुप्त का

यह युद्ध सिंधु तट पर हुआ। इसमें चन्द्रगुप्त को स्पष्ट रूप से यह ज्ञात नहीं था कि सैल्यूकस युद्ध करने के उद्देश्य से सिन्धु नदी के दूसरे तट पर आ चुका था और उत्तर-पश्चिमी भारत के कई दुर्गों पर सैल्यूकस का अधिकार हो चुका था। सैल्यूकस की अनायास छोटी-छोटी विजयों का समाचार सुनकर चन्द्रगुप्त अनिश्चय में पड़ गया।

कहा जाता है कि तब वह तक्षशिला की ओर बढ़ा और मौक़ा पाकर सिंधु नदी के पूर्वी तट पर पहुंचकर तक्षशिला पर आक्रमण करने की तैयारी करने लगा।

चन्द्रगुप्त ने तक्षशिला में आचार्य चाणक्य से भेंट की। सैल्यूकस उस समय अपनी प्रतिरक्षा के लिए कच्चे दुर्ग बना रहा था। वस्तुस्थिति का ज्ञान होते ही चन्द्रगुप्त ने आक्रमण कर दिया। सैल्यूकस के सैनिक अभी ठीक से संभल भी नहीं पाए थे कि मिट्टी के बने दुर्ग को चन्द्रगुप्त की सेनाओं ने घेर लिया। सैल्यूकस को पीछे हटना पड़ा। अब भयंकर युद्ध छिड़ गया था। चन्द्रगुप्त खुद अपनी सेना का सेनापति था। उसने सैल्यूकस की महत्त्वाकांक्षा को एक झटके में तोड़ दिया। सैल्यूकस की सेना तितर-बितर हो गई। उसे सम्भालना कठिन हो गया। सैल्यूकस के सैनिक अधिकारी घबरा गए और कुछ भी कर सकने में असमर्थ हो गए। सैल्यूकस घिर गया। सिन्धु नदी के पश्चिमी तट पर पहुंचकर उसने स्थिति की गंभीरता को अनुभव किया।

अनुमान है कि चाणक्य भी इस युद्ध में शामिल हुए थे। सम्भव है उन्होंने खुद शस्त्र का उपयोग न किया हो, किन्तु उनका प्रोत्साहन, मार्गदर्शन और युद्धकला का प्रशिक्षण चन्द्रगुप्त के काम आ रहा था। चाणक्य के बिना चन्द्रगुप्त की कल्पना अधूरी है।

सैल्यूकस को अब कोई मार्ग ऐसा दिखाई नहीं देता था, जिससे वह अपने सम्मान और सेना की रक्षा कर सके। चन्द्रगुप्त से मित्रता करने के अलावा उसके सामने कोई मार्ग नहीं था। अतः उसने चन्द्रगुप्त से सन्धि का प्रस्ताव प्रस्तुत किया। इस सन्धि के विषय में बहुत मत हैं। कुछ इस सन्धि को 305 ई. पूर्व मानते हैं, कुछ 311 ई. पूर्व हुई मानते हैं। इस सन्धि के फलस्वरूप सैल्यूकस ने काबुल, गान्धार और हैरात आदि के भूखण्डों को चन्द्रगुप्त को देना स्वीकार कर लिया। चन्द्रगुप्त को और भी लाभ हुए जैसे सम्पूर्ण पंजाब और सौराष्ट्र उसके राज्य में सम्मिलित हो गए। सैल्यूकस से मित्रता हो जाने के बाद चन्द्रगुप्त ने उसकी और भी महत्त्वपूर्ण सहायता की।

चन्द्रगुप्त की सहायता से सैल्यूकस ने अपने परम शत्रु एण्टीगोनस पर भी विजय प्राप्त की। इसी के बाद स्थलीय भूखंडों के अलावा चन्द्रगुप्त को पाटल आदि समुद्री बन्दरगाह भी मिल गया।

इस सन्धि के अनुसार सैल्यूकस को अपनी बेटी कार्नेलिया (हेलेना) का विवाह चन्द्रगुप्त से करना पड़ा। इस प्रकार पूर्व और पश्चिम के राजनीतिक स्तर पर सम्बन्ध स्थापित हुए।

कार्नेलिया और चन्द्रगुप्त के विवाह में चाणक्य का बहुत बड़ा हाथ था। भारत का कोई भी भू-भाग यवनों के अधीन नहीं था। चन्द्रगुप्त की राज्य सीमा हिन्दुकुश पर्वत श्रृंखला को पार करके मध्य और पश्चिमी एशिया के सिरों को छू रही थी।

कई इतिहासकारों का मत है कि चाणक्य की कर्मयात्रा इस बिन्दु पर पहुंचकर ख़त्म हो गई। वे सैल्यूकस पर विजय, उसके समझौता प्रस्ताव और

चन्द्रगुप्त, कार्नेलिया के विवाह आदि सभी आयोजनों में सम्मिलित थे। युद्ध का आयोजन, आक्रमण और प्रतिआक्रमण की श्रृंखला, समझौता-प्रस्ताव की स्वीकृति और सैल्यूकस को मित्र रूप में पाने के लिए एंटीगोनस के विरुद्ध सैल्यूकस की सहायता इत्यादि सभी बातें और विषय आचार्य चाणक्य की इच्छा और आदेशों के अनुसार सम्पन्न हुए। यह एक ऐसा अवसर था, जहां चाणक्य उत्तर में हिमालय से लेकर दक्षिण में समुद्र-तट तक भारत के राज्यों का एक केन्द्रीय चक्रवर्ती साम्राज्य चन्द्रगुप्त के अधीन देख रहे थे। विदेशी यवनों से भारत-भूमि मुक्त थी। स्वधर्म पालन, अपनी रुचि और कल्पना के अनुरूप जीवन जीने के लिए यहां की जनता स्वतंत्र थी।

# 9

विश्वविजय की आकांक्षा लेकर भारत पर आक्रमण करने वाले सिकन्दर की सेनाओं के मुंह को मोड़ देना, इसके बाद सैल्यूकस की सेना को हरा करके गान्धार से लेकर समस्त उत्तरापथ और दक्षिण में सिन्धु तट तक एक महान चक्रवर्ती सम्राट के अधीन केन्द्रीय सत्ता की स्थापना कर पाने वाले आचार्य का व्यक्तित्व कितना महान और विराट होगा, इसकी कल्पना की जा सकती है। विशाल अध्ययन, भरपूर आत्मविश्वास और विपरीत परिस्थितियों में भी न टूटने वाला, अटूट आत्मबल वाला वह व्यक्ति कैसा होगा?

तक्षशिला में अध्यापन काल में वे प्रशिक्षक और गुरु थे। प्रशिक्षण में घुड़सवारी, गजारोहण, रथ आदि का प्रशिक्षण तथा निकट से आघात करने वाले तथा दूर फेंककर शत्रु को नष्ट करने वाले अपने समय के सभी अस्त्र-शस्त्रों का ज्ञान चाणक्य को था। इतना ही नहीं वे अस्त्रों के निर्माण की

प्रक्रिया भी जानते थे और उनके संचालन में तो थे ही। चन्द्रगुप्त को बहुत थोड़े समय में ही उन्होंने शस्त्रविद्या का अच्छा अभ्यास करा दिया था।

वह एक कुशल चिकित्सक भी थे और रासायनिक अस्त्र-शस्त्रों के निर्माण और प्रयोग का महत्त्व समझते थे। 'अर्थशास्त्र' के अनुसार व्यक्ति को सब-कुछ के बारे में जानकारी होनी चाहिए, क्योंकि अर्थ अर्थात् पैसे कमाने में सभी विषयों की उपयोगिता होती है। उन्होंने विषकन्याओं की उपयोगिता भी बढ़ाई। कुछ कन्याओं को बचपन से ही विष खाने का अभ्यास कराया जाता था। बहुत कम मात्रा में विष लेने से कन्या की मृत्यु नहीं होती थी। फिर उसे नित्य और धीरे-धीरे विष की मात्रा बढ़ाकर नियमित विषसेवन की आदत डाल दी जाती थी, जिससे उसका शरीर विषाक्त हो जाता था। ऐसी कन्याओं के स्पर्श, दंश मात्र से किसी की मृत्यु हो जाती थी।

इसी प्रकार सुन्दर कन्याओं को विषैले सांपों से डसवाकर लगातार उनके शरीर में विष का प्रवेश करवाया जाता था। उसमें विष को धारण करने की शक्ति बढ़ाने के उपाय किए जाते थे, धीरे-धीरे उसे सांप के विष का अभ्यास हो जाता था और उसके चुम्बन मात्र से शत्रु की मृत्यु वैसे ही हो जाती थी जैसे सांप के काटने पर होती है।

राक्षस ने ऐसी ही विषकन्या चन्द्रगुप्त को मारने के लिए भेजी थी, किन्तु उसका शिकार पर्वतक हो गया। इन विषकन्याओं का प्रयोग राजनीतिक या व्यापारिक लाभ अथवा किसी भी शत्रु की मृत्यु के उद्देश्य से किया जाता था।

आचार्य चाणक्य मुख्यतः राजनीतिज्ञ और कूटनीतिज्ञ ही थे। कूटनीति कुशल होने के कारण चाणक्य का नाम कौटिल्य पड़ा था। किन्तु इस नाम

आचार्य चाणक्य विश्व के सर्वश्रेष्ठ गुरु बन गए

का कारण उनकी कुटिलता नहीं थी। कुछ विद्वानों के अनुसार कौटिल्य की अपेक्षा कौटल्य शब्द अधिक शुद्ध है, क्योंकि इससे विष्णुगुप्त के गोत्र का पता चलता है।

कौटिल्य शब्द का प्रयोग भी कई स्थानों पर हुआ है और यह भी नहीं कहा जा सकता कि चाणक्य कुटिलता से मुक्त थे। कोई राजनीतिज्ञ नीतिगत कुटिलता से मुक्त नहीं रह सकता। चाणक्य की सफलता उनकी कुटिलता का ही परिणाम कही जाती है। अपने धर्म-पालन में संतुष्ट रहने वाला एक साधनहीन निर्धन ब्राह्मण एक बड़े साम्राज्य को उलट डाले, तो यह आश्चर्य की बात है।

चाणक्य ने अपने उद्देश्य पूर्ति के लिए शुक्रनीति के अनुसार धोखा-धड़ी का मार्ग प्रायः नहीं अपनाया। सत्य के आचरण से दूर हट कर राक्षस की मुद्रा का प्रयोग, जालीपत्र बनवाने और लिखवाने का प्रयोग ऐसी ही घटनाएं हैं, जिनके कारण उन्हें कुटिल कहा जा सकता है। किन्तु इनके पीछे उनका अपना व्यक्तिगत लाभ नहीं था।

चाणक्य परम बुद्धिमान, बहुत नीति निपुण, दूरदर्शी स्थितियों को समझने और उनके परिणामों को समझ कर काम करने में कुशल व्यक्ति के रूप में सामने आते हैं। यदि राक्षस की अपेक्षा उनकी गुप्तचर योजना अधिक सफल और सक्रिय हुई तो उसका कारण उनकी तीव्र बुद्धिमत्ता है।

वह एक कुशल सेनापति, दूरदर्शी मंत्री, सहृदय संरक्षक और उत्साही राजनीतिज्ञ के रूप में दिखाई देते हैं। वह महान प्रतिभा के धनी थे। भारतीय विद्याओं के ज्ञाता, अनुभवी विद्वान थे। उनके अर्थशास्त्र का अध्ययन करने पर ज्ञात होता है कि उस समय राज्य-व्यवस्था और समाज में जो कुछ भी प्रचलित

था, उसके वह मात्र जानकार ही नहीं, बल्कि नियंत्रक भी थे। व्यावहारिक संसार का उन्हें पूरा ज्ञान था।

चाणक्य ने 'अर्थशास्त्र' नामक ग्रन्थ लिखकर अर्थशास्त्रीय विषयों का सूक्ष्मतापूर्वक विवेचन और चिन्तन किया है। चाणक्य की यह रचना सूत्रों और पद्यों में की गई है। यदि उन्हें कवि माना जाए, तो श्रेष्ठ नीतिकवियों में उनकी गणना की जाएगी।

उनकी दूसरी रचनाओं के उल्लेख बहुत ग्रन्थों में मिलते हैं किन्तु वे ग्रन्थ मिले नहीं। उनकी प्राप्त प्रमुख कृति 'अर्थशास्त्र' में चाणक्य के पदार्थ ज्ञान का स्पष्ट परिचय मिलता है और इनमें धातु विज्ञान भी था। धातु कौटिल्य नाम से उनके द्वारा रचित ग्रन्थ का उल्लेख मिलता है।

चाणक्य द्वारा रचित एक ज्योतिष ग्रन्थ का उल्लेख वाराहमिहिर में अपनी 'वृहतसंहिता' में किया हैं। किन्तु वह ग्रन्थ कहीं मिल नहीं रहा है।

'चाणक्य नीति' या 'चाणक्य राजनीति' नाम से जो पुस्तकें मिलती हैं, उनकी प्रामाणिकता का कोई आधार नहीं है। जनजीवन में इनको बहुत आदर की दृष्टि से देखा जाता है। इस विश्वास से कि वे चाणक्य की ही रचनाएं हैं, बहुत से लोग उनको पढ़ते हैं।

उनके जीवन के कूटनीति पक्ष को लेकर नाटककार विशाखदत्त ने 'मुद्राराक्षस' नाटक की रचना की है, जिसके द्वारा चन्द्रगुप्त और चाणक्य के सम्बन्धों का पता चला है।

कौटिल्य अपनी युवावस्था में ही तक्षशिला के आचार्य बन चुके थे। विद्या के क्षेत्र में उनका यश फैल गया था। भारत की सभी राजनीतिक

सत्ताएं उनके महत्त्व से परिचित थीं। उनकी सेवा और सम्मति के उद्देश्य से देश के राजा और राजकुमार आवश्यकतानुसार तक्षशिला आते रहते थे। चाणक्य का व्यक्तित्व अद्भुत था। उनके स्वर से सम्मोहन और वाणी में बड़ा आकर्षण था। उनमें अपने श्रोता को आकर्षित करने की अद्भुत क्षमता थी। राजाओं और राजपुरुषों का उनसे प्रभावित होकर आचरण करना सामान्य बात थी।

ऐसे यशस्वी आचार्य के विवाह के लिए कन्या की कमी नहीं होनी चाहिए किन्तु आचार्य खुद ही इस विषय में अलग थे। सम्भवतः वे जीवन-यथार्थ को अपने ढंग और चिन्तन के आधार पर समझ चुके थे। विवाह के सम्बन्ध में वे उदासीन नहीं थे। किन्तु उनका मन किसी विशेष लक्ष्य से जुड़ा होने के कारण विवाह की ओर नहीं मुड़ा।

नन्दवंश के महामंत्री शकटार ने चाणक्य से अपनी कन्या के विवाह का प्रस्ताव रखा था। किन्हीं कारणों से राजा नन्द ने उन्हें पद से हटाकर बंदीगृह में डाल दिया था। वही शकटार चाणक्य के दोस्त थे। किन्तु चाणक्य अपनी मानसिकता से जूझ रहे थे। नन्दों से उन्हें अपमानित होना पड़ा था। उसका बदला लेने और संयमहीन राजा को हटाकर उसके स्थान पर एक सुयोग्य राजा की तलाश उन्हें अस्थिर कर रही थी। ऐसी स्थिति में उन्होंने विवाह प्रस्ताव को मना कर दिया।

चाणक्य को देखकर लगता था कि हर समय वह किसी विचार में मग्न हैं। उन्हें किन्हीं दूसरे विषयों का ध्यान ही नहीं रहता था।

एक दिन की बात है। एक यात्री पाटलिपुत्र के राजमार्गों में घूमता हुआ ऊंचे-ऊंचे भवनों को देखकर चकित हो रहा था। वह आचार्य चाणक्य का

भवन खोज रहा था। उसे किसी ने बताया, 'भाई, उन्हें यहां कहां खोजते हो? वह तो नगर के बाहर किसी झोंपड़ी में मिलेंगे।'

यह सुनकर यात्री के आश्चर्य का अन्त नहीं रहा। वह दिन-भर का थका-प्यासा होते हुए भी उसी समय नगर के बाहर चल दिया। उसने देखा कि आचार्य चाणक्य शरीर पर एक वस्त्र लपेटे भागीरथी गंगा के किनारे पर बैठे भगवान के ध्यान में ऐसे खो रहे हैं कि उन्हें अपनी सुध-बुध ही नहीं थी। उस यात्री का मस्तक श्रद्धा से झुक गया। वह बोल उठा, 'अहा! जिस राष्ट्र का सबसे बड़ा पुरुष इतना त्यागी है, भला वह देश क्यों न उन्नति के शिखर पर जाएगा।'

हारे हुए देश को संगठन के सूत्र में पिरोकर उन्नति की चोटी पर पहुंचाकर आचार्य चाणक्य तक्षशिला लौट गए। वहीं अपनी पुरानी घास-फूस की झोंपड़ी में रहकर विद्यार्थियों को पढ़ाने लगे। देश-विदेश के हज़ारों विद्वार्थी पढ़ने के लिए आने लगे। राज्य की ओर से इसी नगर में एक विश्वविद्यालय बनाया गया। सम्राट चन्द्रगुप्त ने बहुतेरी प्रार्थनाएं कीं कि आप कुछ तो हमारी सेवा स्वीकार करें। लेकिन त्यागी चाणक्य ने एक न सुनी। उन्होंने अपने जीवन के शेष दिन उसी झोंपड़ी में बिताए।

# प्रश्नोत्तरी

1. विष्णुगुप्त किसका नाम था?
   (अ) चन्द्रगुप्त मौर्य (ब) अमात्य
   (स) चाणक्य (द) सिकन्दर
2. मौर्य साम्राज्य की नींव किसने रखी?
   (अ) चाणक्य (ब) धननन्द
   (स) सिकन्दर (द) चन्द्रगुप्त
3. मौर्य साम्राज्य का पहला राजा कौन था?
   (अ) धननन्द (ब) चन्द्रगुप्त
   (स) चाणक्य (द) अमात्य
4. मगध कौन से राज्य में था?
   (अ) उत्तर प्रदेश (ब) मध्य प्रदेश
   (स) गुजरात (द) बिहार
5. चाणक्य मगध से पहले कहां रहते थे?
   (अ) तक्षशिला (ब) गान्धार
   (स) काशी (द) पाटलीपुत्र

6. तक्षशिला आज कौन से देश में है?

(अ) बंगला देश (ब) श्रीलंका

(स) पाकिस्तान (द) अफगानिस्तान

7. आम्भि कहां का नरेश था?

(अ) मगध (ब) गान्धार

(स) काशी (द) पाटलीपुत्र

8. सिकन्दर की सेना को भारत से वापस जाने के लिए किसने विवश किया?

(अ) धननन्द (ब) आम्भि

(स) अमात्य (द) चाणक्य

9. चन्द्रगुप्त किसका शिष्य था?

(अ) अमात्य (ब) चाणक्य

(स) धननन्द (द) मलयकेतु

10. सैल्यूकस किसका प्रधान सेनापति था?

(अ) सिकन्दर (ब) मलयकेतु

(स) धननन्द (द) एंटीगोनस

उत्तर

1. (स), 2. (अ), 3. (ब), 4. (द), 5. (अ), 6. (स), 7. (ब), 8. (द), 9. (ब), 10. (अ)